歸蜀途

미당 서정주
未堂 徐廷柱
1915~2000

1915년 6월 30일 전북 고창
선운리에서 태어났다.
중앙불교전문학교(현 동국대학교)에서
공부했고, 1936년 동아일보 신춘문예에
시 「벽」이 당선된 후 『시인부락』 동인으로 활동했다.
1941년 『화사집』을 시작으로 『귀촉도』 『서정주시선』
『신라초』 『동천』 『질마재 신화』 『떠돌이의 시』
『서으로 가는 달처럼…』 『학이 울고 간 날들의 시』
『안 잊히는 일들』 『노래』 『팔할이 바람』 『산시』
『늙은 떠돌이의 시』 『80소년 떠돌이의 시』 등
모두 15권의 시집을 발표했다.
1954년 예술원 창립회원이 되었고
동국대학교 교수를 지냈다.
2000년 12월 24일 향년 86세로 별세,
금관문화훈장을 받았다.

서정주 시집

귀촉도

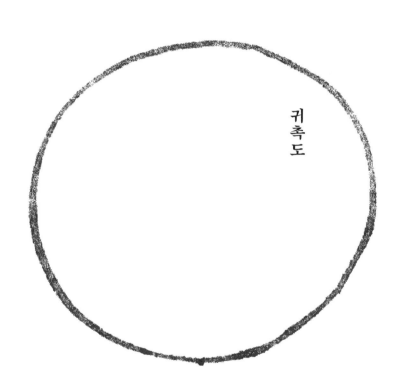

은행나무

차례

일러두기

1 이 시집은 『귀촉도』(선문사, 1948)를 저본으로 삼았다.
2 원본 시집의 형식을 살리되, 체제 및 표기는 『미당 서정주 전집』
   (은행나무, 2015)을 따랐다.
3 시집 원주(原註) 외의 주들은 편집자주라고 밝혔다.

귀촉도 歸蜀途

밀
어

밀어密語

순이야. 영이야. 또 돌아간 남아.

굳이 잠긴 잿빛의 문을 열고 나와서
하눌가에 머무른 꽃봉오릴 보아라.

한없는 누예실의 올과 날로 짜 늘인
채일을 두른 듯 아늑한 하눌가에
뺨 부비며 열려 있는 꽃봉오릴 보아라.

순이야. 영이야. 또 돌아간 남아.

저,
가슴같이 따뜻한 삼월의 하눌가에
인제 새로 숨 쉬는 꽃봉오릴 보아라.

* 편집자주―마지막 행 '새로'는 시집에는 '바로'였으나 시인이 고쳤다
  (『서정주육필시선』, 1975).

거북이에게

거북이여 느릿느릿 물살을 저어
숨 고르게 조용히 갈고 가거라.
머언 데서 속삭이는 귓속말처럼
물니랑에 내리는 봄의 꽃니풀,
발톱으로 헤치며 갔다 오너라.

오늘도 가슴속엔 불이 일어서
내사 얼굴이 모다 타도다.
기우는 햇살일래 기울어지며
나어린 한 마리의 풀버레같이
말없는 사지만이 떨리는도다.

거북이여.
구름 아래 푸르른 목을 내둘러,
장구를 쳐줄게 둥둥그리는
설장구를 쳐줄게, 거북이여.

먼 산에 보랏빛 은은히 어리이는
나와 나의 형제의 해 질 무렵엔,

그대 쇠먹은 목청이라도
두터운 갑옷 아래 흐르는 피의
오래인 오래인 소리 한마디만 외여라.

무제無題

　여기는 어쩌면 지극히 꽝꽝하고 못 견디게 새파란 바윗속일 것이다. 날 선 쟁깃날로도 갈고 갈 수 없는 새파란 새파란 바윗속일 것이다.

　여기는 어쩌면 하늘나라일 것이다. 연한 풀밭에 베쩽이도 우는 서러운 서러운 시굴일 것이다.

　아 여기는 대체 몇만 리이냐. 산과 바다의 몇만 리이냐. 곽곽해서 못 가겠는 몇만 리이냐.

　여기는 어쩌면 꿈이다. 귀비貴妃의 못등 앞에 막걸릿집도 있는, 어여뿌디어여뿐 꿈이다.

꽃

가신 이들의 헐떡이든 숨결로
곱게 곱게 씻기운 꽃이 피었다.

흐트러진 머리털 그냥 그대로,
그 몸짓 그 음성 그냥 그대로,
옛사람의 노래는 여기 있어라.

오— 그 기름 묻은 머릿박 낱낱이 더워
땀 흘리고 간 옛사람들의
노랫소리는 하눌 우에 있어라.

쉬여 가자 벗이여 쉬어서 가자
여기 새로 핀 크낙한 꽃 그늘에
벗이여 우리도 쉬어서 가자

맞나는 샘물마닥 목을 축이며
이끼 낀 바윗돌에 텍을 고이고
자칫하면 다시 못 볼 하눌을 보자.

견우의 노래

우리들의 사랑을 위하여서는
이별이, 이별이 있어야 하네.

높았다, 낮았다, 출렁이는 물살과
물살 몰아 갔다오는 바람만이 있어야 하네.

오— 우리들의 그리움을 위하여서는
푸른 은핫물이 있어야 하네.

돌아서는 갈 수 없는 오롯한 이 자리에
불타는 홀몸만이 있어야 하네!

직녀여, 여기 번쩍이는 모래밭에
돋아나는 풀싹을 나는 세이고……

허이연 허이연 구름 속에서
그대는 베틀에 북을 놀리게.

눈섭 같은 반달이 중천에 걸리는
칠월 칠석이 돌아오기까지는

검은 암소를 나는 멕이고
직녀여, 그대는 비단을 짜세.

혁명

조개껍질의 붉고 푸른 문의는
몇천 년을 혼자서 용솟음치든
바다의 바다의 소망이리라.

가지가 찢어지게 열리는 꽃은
날이 날마닥 여기 와 소근대든
바람의 바람의 소망이리라.

아― 이 검붉은 징역의 땅 우에
홍수와 같이 몰려오는 혁명은
오랜 하눌의 소망이리라.

석굴암 관세음의 노래

그리움으로 여기 섰노라
조수潮水와 같은 그리움으로,

이 싸늘한 돌과 돌 새이
얼크러지는 칡넌출 밑에
푸른 숨결은 내 것이로다.

세월이 아조 나를 못 쓰는 띠끌로서
허공에, 허공에, 돌리기까지는
부풀어오르는 가슴속에 파도와
이 사랑은 내 것이로다.

오고 가는 바람 속에 지새는 나달이여.
땅속에 파묻힌 찬란헌 서라벌,
땅속에 파묻힌 꽃 같은 남녀들이여.

오— 생겨났으면, 생겨났으면
나보단도 더 '나'를 사랑하는 이

천년을 천년을 사랑하는 이
새로 햇볕에 생겨났으면

새로 햇볕에 생겨나와서
어둠 속에 나―ㄹ 가게 했으면

사랑한다고…… 사랑한다고……
이 한마딧말 님께 아뢰고, 나도
인제는 바다에 돌아갔으면!

허나 나는 여기 섰노라.
앉어 계시는 석가의 곁에
허리에 쬐그만 향낭을 차고

이 싸늘한 바윗속에서
날이 날마닥 들이쉬고 내쉬이는
푸른 숨결은
아, 아직도 내 것이로다.

골목

날이 날마닥 드나드는 이 골목.
이른 아침에 홀로 나와서
해 지면 흥얼흥얼 돌아가는 이 골목.

가난하고 외롭고 이즈러진 사람들이
웅크리고 땅 보며 오고 가는 이 골목.

서럽지도 아니한 푸른 하눌이
홑이불처럼 이 골목을 덮어,
하이연 박꽃 지붕에 피고

이 골목은 금시라도 날러갈 듯이
구석구석 쓸쓸함이 물밀듯 사무쳐서,
바람 불면 흔들리는 오막살이뿐이다.

장돌뱅이 팔만이와 복동이의 사는 골목.
내, 늙도록 이 골목을 사랑하고
이 골목에서 살다 가리라.

귀촉도 歸蜀途

눈물 아롱 아롱
피리 불고 가신 님의 밟으신 길은
진달래 꽃비 오는 서역西域 삼만 리.
흰 옷깃 여며 여며 가옵신 님의
다시 오진 못하는 파촉巴蜀 삼만 리.

신이나 삼어 줄걸 슬픈 사연의
올올이 아로새긴 육날 메투리.
은장도 푸른 날로 이냥 베혀서
부질없는 이 머리털 엮어 드릴걸.

초롱에 불빛, 지친 밤하늘
굽이굽이 은핫물 목이 젖은 새,
차마 아니 솟는 가락 눈이 감겨서
제 피에 취한 새가 귀촉도 운다.
그대 하늘 끝 호을로 가신 님아

* 육날 메투리는 신 중에서는 으뜸인 메투리 중에서도 가장 아름다운 조선의 신발
이었느니라. 귀촉도는 항용 우리들이 두견이라고도 하고 솥작새라고도 하고 접동
새라고도 하고 자규라고도 하는 새가, 귀촉도…… 귀촉도…… 그런 발음으로 우
는 것이라고 지하에 돌아간 우리들의 조상 때부터 들어 온 데서 생긴 말씀이니라.

25

문 열어라 정 도령아

눈물로 적시고 또 적시여도
속절없이 식어가는 네 흰 가슴이
저 꽃으로 문지르면 더워 오리야.

아홉 밤 아홉 낮을 빌고 빌어도
덧없이 스러지는 푸른 숨결이
저 꽃으로 문지르면 돌아오리야.

애비 에미 기러기 서릿발 갈고 가는
구공 중천 우에 은하수 우에
아 ― 소슬한 청홍의 꽃밭……

문 열어라 문 열어라
정 도령님아.

목화

누님
눈물 겨웁습니다.

이, 우물물같이 고이는 푸름 속에
다수굿이 젖어 있는 붉고 흰 목화꽃은,
누님
누님이 피우셨지요?

퉁기면 울릴 듯한 가을의 푸르름엔
바윗돌도 모다 바스러져 내리는데……

저, 마약과 같은 봄을 지내여서
저, 무지無知한 여름을 지내여서
질갱이풀 지슴길을 오르내리며
허리 굽흐리고 피우셨지요?

누님의 집

바다 넘어 구만 리
산 넘어서 구만 리
등불 들고 내려가면,
　우물물이 있느니라.

먹탕 같은 우물물
천 길을 내려가면
굴딱지 같은,
　도적놈의 개와집이 서 있느니라.

대문 열고 중문 열고
돌문을 열고
바람 되야 문틈으로 스며 들어가면은
　그리운 우리 누님 게 있느니라.

도적놈은 어디 가고
우리 누님 홀로 되야
거울 앞에 흰옷 입고 앉았느니라.

푸르른 날

눈이 부시게 푸르른 날은
그리운 사람을 그리워하자

저기 저기 저, 가을 꽃자리
초록이 지쳐 단풍 드는데

눈이 나리면 어이 하리야
봄이 또오면 어이 하리야

내가 죽고서 네가 산다면?
네가 죽고서 내가 산다면!

눈이 부시게 푸르른 날은
그리운 사람을 그리워하자

* 편집자주 ─ 4연의 부호는 『생활문화』(!!), 『귀촉도』(!?), 『서정주시선』(!!),
『서정주문학전집』(?!) 중에서 마지막 판본을 따랐다.

고향에 살자

계집애야 계집애야
고향에 살지.

멈둘레꽃 피는
고향에 살지.

질갱이풀 뜯어
신 삼어 신고,

시누대밭 머리에서
먼 산 바래고,

서러워도 서러워도
고향에 살지.

서귀로 간다

첩첩산중에
첩첩이 피는 낲에
눈 부비며 울음 우는 뻐꾹새와 같이

하누바람, 마파람
회오리바람같이,
움직이는 바닷물에 사는 고기같이

내, 오늘은 서귀로 간다.
네 활개 치며 서귀로 간다.

옮기는 발길마다
구름이 일고,

내뿜는 숨결에
날개 돋아나

내, 오늘은 서귀로 간다.
너 보고저워 서귀로 간다.

노을

노들강물은 서쪽으로 흐르고
능수버들엔 바람이 흐르고

새로 꽃이 핀 들길에 서서
눈물 뿌리며 이별을 허는
우리 머리 우에선 구름이 흐르고

붉은 두 볼도
헐떡이든 숨결도
사랑도 맹세도 모두 흐르고

나뭇잎 지는 가을 황혼에
홀로 봐야 할 연짓빛 노을.

멈
둘
레
꽃

소곡小曲

뭐라 하느냐
너무 앞에서
아— 미치게
짙푸른 하늘.

나, 항상 나,
배도 안고파
발돋음 하고
돌이 되는데.

행진곡

잔치는 끝났드라.
마지막 앉어서 국밥들을 마시고,
빠알간 불 사루고,
재를 남기고,

포장을 걷으면 저무는 하눌
일어서서 주인에게 인사를 하자.

결국은 조끔씩 취해 가지고
우리 모두 다 돌아가는 사람들.

목아지여
목아지여
목아지여
목아지여

멀리 서 있는 바닷물에선
난타하여 떨어지는 나의 종소리.

멈둘레꽃

바보야 하이얀 멈둘레가 피었다.
네 눈섭을 적시우는 용천의 하눌 밑에
히히 바보야 히히 우숩다.

사람들은 모두 다 남사당패와 같이
허리띠에 피가 묻은 고이 안에서
들키면 큰일 나는 숨들을 쉬고

그 어디 보리밭에 자빠졌다가
눈도 코도 상사몽도 다 없어진 후
쇠주[燒酒]와 같이 쇠주와 같이
나도 또한 날아나서 공중에 푸를리라.

만주에서

참 이것은 너무 많은 하눌입니다. 내가 달린들 어데를 가겠습니까. 홍포紅布와 같이 미치기는 쉬웁습니다. 몇천 년을, 오— 몇천 년을 혼자서 놀고 온 사람들이겠습니까.

종보단은 차라리 북이 있습니다. 이는 멀리도 안 들리는 어쩔 수도 없는 사치입니까. 마지막 부를 이름이 사실은 없었습니다. 어찌하야 자네는 나 보고, 나는 자네 보고 웃어야 하는 것입니까.

바로 말하면 하르삔 시와 같은 것은 없었습니다. '자네'도 '나'도 그런 것은 없었습니다. 무슨 처음의 복숭아꽃 내음새도 말소리도 병病도 아무껏도 없었습니다.

밤이 깊으면

밤이 깊으면 숙아 너를 생각한다.
달래마눌같이 쬐그만 숙아 너의 전신을.
낭자언저리, 눈언저리, 코언저리, 허리언저리,
키와 머리털과 목아지의 기럭시를
유난히도 가늘든 그 목아지의 기럭시를
그 속에서 울려나오는 서러운 음성을

서러운 서러운 옛날말로 울음 우는 한 마리의 버꾹이새.
그 굳은 바윗속에, 황토밭 우에,
고이는 우물물과 낡은 시계 소리 시계의 바늘 소리
허물어진 돌무데기 우에 어머니의 시체 우에 부어오른
네 눈망울 우에
빠알간 노을을 남기우며 해는 날마닥 떴다가는 떨어지고
오직 한결 어둠만이 적시우는 너의 오장육부. 그러헌 너
의 공복空腹.

뒤안 솔밭의 솔나무 가지를,
거기 감기는 누우런 새끼줄을,
엉기는 먹구름을, 먹구름 먹구름 속에서 내 이름자 부르

는 소리를, 꽃의 이름처럼 연거퍼 연거퍼서 부르는 소리를,
　　혹은 그러헌 너의 절명絶命을

　　혹은,
　　혹은,
　　혹은,

　　여자야 너 또한 쫓겨 가는 사람의 딸. 껌정 거북표의 고무
신짝 끄을고
　　그 다 찢어진 고무신짝을 질질질질 끄을고

　　억새풀잎 우거진 준령을 넘어가면
　　하눌 밑에 길은 어데로나 있느니라.
　　그 많은 삼등 객차의, 보행객의, 화륜선의 모이는 곳
　　목포나 군산 등지 아무 데거나

　　그런 데 있는 골목, 골목의 수효를,
　　크다란 건물과 버섯 같은 인가를, 불 켰다 불 끄는 모든
인가를,

주식취인소를, 공사립 금융조합, 성결교당을, 미사의 종
소리를, 밀매음굴을,
　모여드는 사람들, 사람들을, 사람들을,

　결국은 너의 자살 우에서……

　철근 콩크리트의 철근 콩크리트의 그 무수헌 산판알과
나사못과 치차齒車를 단 철근 콩크리트의 밑바닥에서

　혹은 어느 인사소개소의 어스컹컴한 방구석에서
　속옷까지, 깨끗이 그 치마 뒤에 있는 속옷까지 베껴야만
하는 그러헌 순서.
　깜한 네 열 개의 손톱으로 쥐여뜯으며 쥐여뜯으며
　그래도 끝끝내는 끌려가야만 하는 그러헌 너의 순서를.

　숙아!

　이 밤 속에 밤의 바람벽의 또 밤 속에서
　한 마리의 산 귀또리같이 가느다란 육성으로 나를 부르

는 것.

　충청도에서, 전라도에서, 비 나리는 항구의 어느 내외주
점에서,

　사실은 내 척수신경의 한가운데에서,

　씻허연 두 줄의 이빨을 내여놓고 나를 부르는 것.

　슬픈 인류의 전신全身의 소리로써 나를 부르는 것.

　한 개의 종소리같이 전선電線같이 끊임없이 부르는 것.

　뿌랙 뿔류의 바닷물같이, 오히려 찬란헌 만세소리같이,

　피같이,

　피같이,

　내 칼끝에 적시여 오는 것.

　숙아. 네 생각을 인제는 끊고

　시퍼런 단도의 날을 닦는다.

* 편집자주 ― 이 시는 시어를 바꾸고(적은 인가를 → 버섯 같은 인가를), 조사를 여러
군데(종소리(와)같이, 전선(과)같이, 바닷물(과)같이, 만세소리(와)같이, 피(와)같이) 생
략했다(『서정주문학전집』).

조금

우리 그냥 뻘밭으로 기어다니며
거이 새끼 같은 거나 잡어먹으며
노오란 조금에 취할 것인가

맞나기로 약속했든 정말의 바닷물이
턱밑에 바로 들어왔을 땐
고삐가 안 풀리여 가지 못하고

불기둥처럼 서서 울다간
스스로히 생겨난 메누리발톱.

아아 우리 그냥 꽉꽉하야 땀 흘리며
조금의 막다른 길에 해와 같이 저물을 뿐
다시는 다시는 맞나지도 못하리라.

* 편집자주—4연 2행의 '막다른 길'은 시집에는 '오름길'로 되어 있으나 시인이
고쳤다 (『서정주육필시선』).

역려 逆旅

샛길로 샛길로만 쫓겨 가다가
한바탕 가시밭을 휘젓고 나서면
다리는 훑쳐 육회 쳐 놓은 듯,
핏방울이 내려져 바윗돌을 적시고……

아무도 없는 곳이기에 고이는 눈물이면
손아귀에 닿는 대로 떫고 씨거운 산열매를 따 먹으며
나는 함부로 줄달음질친다.

산새 우는 세월 속에 붉게 물든 산열매는,
먹고 가며 해 보면
눈이 금시 밝어 오드라.

잊어버리자. 잊어버리자.
히부얀 종이 등불 밑에 애비와, 에미와, 계집을,
그들의 슬픈 습관, 서러운 언어를,
찢긴 흰옷과 같이 벗어 던져 버리고
이제 사실 나의 위장은 표범을 닮어야 한다.

거리거리 쇠창살이 나를 한때 가두어도
나오면 다시 한결 날카로워지는 망자!
열 번 붉은 옷을 다시 입힌대도
나의 소망은 열적熱赤의 사막 저편에 불타오르는 바다!

가리라 가리로다 꽃다운 이 연륜을 천심天心에 던져,
  옮기는 발길마다 독사의 눈깔이 별처럼 총총히 묻혀 있다는
모래언덕 넘어…… 모래언덕 넘어……

그 어디 한 포기 크낙한 꽃그늘,
  부질없이 푸르른 바람결에 씻기우는 한낱 해골로 놓일지라도
나의 염원은 언제나 끝가는 열락悅樂이어야 한다.

무슨 꽃으로
문지르는 가슴이기에
나는 이리도
살고 싶은가

무슨 꽃으로 문지르는 가슴이기에
나는 이리도 살고 싶은가

빈 가지에 바구니만 매여 두고 내 소녀, 어디 갔느뇨 ― 오일도

아조 할 수 없이 되면 고향을 생각한다.

이제는 다시 돌아올 수 없는 옛날의 모습들. 안개와 같이 스러진 것들의 형상을 불러일으킨다.

귓가에 와서 아스라히 속삭이고는, 스쳐 가는 소리들. 머언 유명幽冥에서처럼 그 소리는 들려오는 것이나, 한 마디도 그 뜻을 알 수는 없다.

다만 느끼는 건 너이들의 숨소리. 소녀여, 어디에들 안재安在하는지. 너이들의 호흡의 훈짐으로써 다시금 돌아오는 내 청춘을 느낄 따름인 것이다.

소녀여 뭐라고 내게 말하였든 것인가?

오히려 처음과 같은 하눌 우에선 한 마리의 종다리가 가느다란 핏줄을 그리며 구름에 묻혀 흐를 뿐, 오늘도 굳이 닫힌 내 전정前程의 석문 앞에서 마음대로는 처리할 수 없는 내 생명의 환희를 이해할 따름인 것이다.

섭섭이와 서운니와 푸접이와 순녜라 하는 네 명의 소녀의 뒤를 따러서, 오후의 산 그리메가 밟히우는 보리밭 새이 언덕길 우에 나는 서서 있었다. 붉고, 푸르고, 흰, 전설 속의 네 개의 바다와 같이 네 소녀는 네 빛갈의 저고리를 입고 있었다.

하늘 우에선 아득한 고동 소리. ……순녜가 아르켜 준 상제님의 고동 소리. ……네 명의 소녀는 제마닥 한 개씩의 바구니를 들고, 허리를 굽흐리고, 차라리 무슨 나물을 찾는 것이 아니라 절을 하고 있는 것이었다. 씬나물이나 머슴둘레, 그런 것을 찾는 것이 아니라 머언 머언 고동 소리에 귀를 기울이고 있는 것이었다. 후회와 같은 표정으로 머리를 수그리고 있는 것이었다.

그러나 나에게는 잡히지 아니하는 것이었다. 발자취 소리를 아조 숨기고 가도, 나에게는 붙잡히지 아니하는 것이었다.

담담히도 오래 가는 내음새를 풍기우며, 머슴둘레 꽃포기가 발길에 채일 뿐, 쌍긋한 찔레 덤풀이 앞을 가리울 뿐 나보단은 더 빨리 달아나는 것이었다. 나의 부르는 소리가 크면 클수록 더 멀리 더 멀리 달아나는 것이었다.

  여긴 오지 마…… 여긴 오지 마……

  애살포오시 웃음 지으며, 수류水流와 같이 네 개의 수류와
같이 차라리 흘러가는 것이었다.

  한 줄기의 추억과 치여든 나의 두 손, 역시 하눌에는 종다
리새 한 마리, ─ 이런 것만 남기고는 조용히 흘러가며 속삭
이는 것이었다. 여긴 오지 마…… 여긴 오지 마……

  소녀여. 내가 가는 날은 돌아오련가. 내가 아조 가는 날은
돌아오련가. 막달라의 마리아처럼 두 눈에는 반가운 눈물로
어리여서, 머리털로 내 손끝을 스치이련가.

  그러나 내가 가시에 찔려 아퍼헐 때는, 네 명의 소녀는 내
곁에 와 서는 것이었다. 내가 찔렛가시나 새금팔에 베혀 아
퍼헐 때는, 어머니와 같은 손가락으로 나를 나시우러 오는
것이었다.

손가락 끝에 나의 어린 핏방울을 적시우며, 한 명의 소녀가 걱정을 하면 세 명의 소녀도 걱정을 허며, 그 노오란 꽃송이로 문지르고는, 하연 꽃송이로 문지르고는, 빠알간 꽃송이로 문지르고는 하든 나의 상처기는 어쩌면 그리도 잘 낫는 것이었든가.

　정해정해 정도령아
　원이왔다 문열어라.
　붉은꽃을 문지르면
　붉은피가 돌아오고.
　푸른꽃을 문지르면
　푸른숨이 돌아오고.

　소녀여. 비가 개인 날은 하늘이 왜 이리도 푸른가. 어데서 쉬는 숨소리기에 이리도 똑똑히 들리이는가.
　무슨 꽃으로 문지르는 가슴이기에 나는 이리도 살고 싶은가.

몇 포기의 씨거운 멈둘레꽃이 피여 있는 낭떠러지 아래 풀밭에 서서, 나는 단 하나의 정령이 되야 내 소녀들을 불러 일으킨다.

  그들은 역시 나를 지키고 있었든 것이다. 내 속에 내리는 비가 개이기만, 다시 그 언덕길 우에 돌아오기만, 어서 병이 낫기만을, 그 옛날의 보리밭길 우에서 언제나 언제나 기대리고 있었든 것이다.

  내가 아조 가는 날은 돌아오련가?

발사
跋辭

외우畏友 서정주 형과 나는 우리가 시나 소설을 세상에 발표하기 시작한 이전, 문학적으로나 인간적으로나 가장 귀중한 시기에 있어 서로 사괴인 친구다. 이래爾來, 나는 그에 대한 존경과 사랑을 나의 유일한 정신상의 재보로서 쌓아 왔다. 그의 뇌락불기磊落不羈한 인격과 자유분방自由奔放한 시혼은 그 처녀 시집『화사집』을 통하여 이미 세상에 그 '비늘을 번득인' 바 있지만 그를 사랑하는 사람이건 싫어하는 사람이건 적어도 이 땅에서 시를 아는 사람이면 누구나 오늘날 우리들의 머릿속에서 이 혹성의 찬연한 광망과 위치에 둥한할 수는 없을 것이다.

　조선의 시는 영랑, 지용, 용철, 하윤 등이 중심되었던『시문학』의 출현으로 말미암아 한 개 '에폭'을 지은 것은 사실이다. 소월, 만해, 상화, 상순, 수주, 월탄, 무애 등으로 대표되는『폐허』『백조』 전후의 시인들의 건강한 목소리와 소박한 몸가짐에다 현대적 감각과 개성적 밀도와 언어의 상징적 기술을 플러스해 준 것이『시문학』 일파의 정확한 공적이었다.

치환, 달진, 장환, 정주 들의 새로운 '리리시즘'은 이상과 같은 토양과 일광과 제초를 치러서 개화되었던 것이며, 그 같은 위치에서도, 인간성의 새로운 개척과 긍정을 향하야 가장 치열한 격투를 떼맡었던 사람이 정주다. 그는 가족과 친구와 일월과 천공과 그 모든 것과 결별하고 알몸뚱이로 용감하게 '심연' 속으로 뛰어들었다. '해와 하늘빛이 문둥이는 서러워 보리밭에 달 뜨면 애기 하나 먹고' 그 흰 이빨을 엉글트린 채 '웃음 웃는 짐승 속으로' 뛰어들었던 그 심연의 기록이 저 『화사집』이라면, 심연에서 다시 '삼월의 하눌가에 숨 쉬는 꽃봉오릴' 바라보게쯤 된 것이 이 『귀촉도』일 것이다. 전광 휘황한 종로 네거리에서도 햇빛이 눈부시는 산마루 위에서도, '수나叟娜'는 얼마든지 '참 많이 오는' 것이어서 '순이 영이 또 돌아간 남이야' 들은 '정 도령' 아닌 '서 도령'의 가슴 위에 '숨 돌아오는 열두 가지 꽃잎을 문질러' 그로 하여금 '무슨 꽃으로 문지르는 가슴이기에 나는 이리도 살고 싶은가' 하고 소리치며 일어나게 하였다.

치환이나 삼가시三家詩(청록파)들처럼 처음부터 민족이나 자연에 정열을 들어붓지 못하던 정주가 「밀어」「귀촉도」에서 '하눌가의 꽃봉오릴 바라보게' 된 것은 진실로 눈물겨운 일이다. 시인은 이제 경건한 얼굴로 그의 가슴속에 피어난 열두 가지 꽃 빛갈을 세이기 시작하였다. 우리는 옷깃을 바로 하고 그의 밀어에 귀를 기울이기로 하자.

무자戊子 소한小寒

김동리

• 이 도서의 국립중앙도서관 출판예정도서목록(CIP)은 서지정보유통지원시스템 홈페이지 (http://seoji.nl.go.kr)와 국가자료공동목록시스템(http://www.nl.go.kr/kolisnet)에서 이용하실 수 있습니다. (CIP제어번호: CIP2018017360)

• 이 책 표지 그림의 저작권은 확인이 되는 대로 정식 동의 절차를 밟겠습니다.

서정주 시집

귀촉도

1판 1쇄 인쇄 2019년 8월 1일
1판 1쇄 발행 2019년 8월 5일

지은이 · 서정주
감수 · 이남호 이경철 윤재웅 전옥란 최현식
펴낸이 · 주연선

총괄이사 · 이진희
책임편집 · 심하은
표지 디자인 · 오진경 강소이 본문 디자인 · 권예진
마케팅 · 장병수 최수현 김다은 이한솔 강원모
관리 · 김두만 유효정 박초희

(주)은행나무
04035 서울특별시 마포구 양화로11길 54
전화 · 02)3143-0651~3 | 팩스 · 02)3143-0654
신고번호 · 제 1997-000168호(1997. 12. 12)
www.ehbook.co.kr
ehbook@ehbook.co.kr

잘못된 책은 바꿔드립니다.

ISBN 979-11-88810-33-8 04810
        979-11-88810-31-4 (세트)